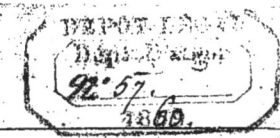

# PREMIÈRE

# ALGÉRIENNE

PAR

AUSONE DE CHANCEL

Extrait du n° 23 de la *Revue africaine*.

## ALGER

BASTIDE, LIBRAIRE-ÉDITEUR.

| CONSTANTINE. | | PARIS. |
| --- | --- | --- |
| ALESSI et ARNOLET, imprimeurs-libraires. | | CHALLAMEL libr.; 30, rue des Boulangers. |

1860

# PREMIÈRE

# ALGÉRIENNE

PAR

 AUSONE DE CHANCEL

Extrait du nᵒ 23 de la *Revue africaine*.

ALGER

BASTIDE, LIBRAIRE-ÉDITEUR.

**CONSTANTINE.** | **PARIS**.
ALESSI et ARNOLET imprimeurs-libraires. | CHALLAMEL libr., 30, rue des Boulangers.

1860

# PREMIÈRE

# ALGÉRIENNE

Dans le courant de l'année 1845, notre collègue, M. Ausone de Chancel, adressait à Méry un poème, dont il indique l'origine dans une lettre d'envoi conçue en ces termes :

« MON CHER MÉRY,

» Je vous promis, en passant à Marseille, de vous envoyer mes premières impressions sur Alger : les voici ; elles datent de deux ans ; car il s'est fait sous mes yeux beaucoup de grandes choses ; il y en a pour le poète et pour l'historien. Ces vers, que j'intitule *Première Algérienne*, ne sont donc que le prologue d'une œuvre poétique plus étendue, déjà à l'état d'ébauche, et que j'espère finir un jour, si la prose officielle et Dieu me prêtent vie.

» Tout à vous,

» AUSONE DE CHANCEL. »

Quand on aura lu les vers que nous allons reproduire, on éprouvera un bien vif désir de voir publier l'œuvre dont ils sont un si charmant prologue.

# ALGER

Figurez-vous Paris englouti dans la Seine
Et Montmartre debout, seul dominant la scène :
La pleine mer sera vers le quartier latin
D'où viendront les vaisseaux dans le quartier d'Antin
Mouiller au bord du quai, qui sera Saint-Lazare ;
Passez au lait de chaux ce Montmartre bizarre,
En triangle étendant sa base dans la mer
Et dont le sommet fuit sur le ciel outremer.
Enveloppez le tout d'une vapeur ignée,
Et vous aurez Alger, la ville calcinée.
Mine de plâtre blanc échelonnant le sol
Sans un arbre dont l'ombre y fasse parasol ;
Vrai fouillis de maisons, sans art, mais non sans grâces,
Entre elles faisant corps et toutes en terrasses ;

Si bien, qu'on peut aller, aéronaute à pié,
L'un chez l'autre, le soir, fumer le latakié ;
Et puis, quand le sommeil a pris la ville entière,
Faire, ainsi que les chats, l'amour sur la gouttière.


Quand le soleil d'été fuit le cap Matifoux,
Alger semble un théâtre où sont juchés des fous :
Aventureux acteurs d'une scène imprévue
Qui déclarent leur flamme à coups de longue-vue,
Et de leur bouche ailleurs chassent avec la main
Des baisers qu'au retour ils guettent en chemin :
Télégraphes vivants, leurs signes pittoresques,
C'est la langue française appliquée aux Mauresques,
Indolentes beautés qui, vers la fin du jour,
Prennent sur la terrasse et le frais et l'amour.


Et quand Phœbé s'avance en semant des étoiles,
Belle comme l'Aurore et comme elle sans voiles,
Du haut des minarets quand la voix des muezzins
A l'oraison nocturne a convoqué les saints
Qui ronflent sans songer, au ciel rendons-en grâces,
Que l'on peut du harem monter sur les terrasses,
Quand notre horloge, à nous, de son timbre strident
A dit : il est minuit ! — en prose d'Occident,
D'une maison à l'autre, alors, et sur les dômes,
Blanche apparition, des formes de fantômes
S'appellent de la main jusqu'à ce que l'un d'eux
Vers l'autre s'avançant ils se groupent par deux.


De son toit isolé l'observateur qui veille
Alors a sous les yeux une étrange merveille :
Le golfe où cent vaisseaux dorment sur les flots bleus,
Arc immense arrêté par deux caps anguleux ;
Le ciel étincelant dans la mer qui chatoie ;
Des paillettes de feu sur des vagues de soie.

A l'horizon l'Atlas, l'Hercule de granit
Couché comme un écueil où le désert finit,
Et qui de son bras droit, lutteur impérissable,
Refoule le Simoune et ses vagues de sable,
Cependant que de l'autre il protége en amant
Sa belle Mitidja sous les jasmins dormant.
Au-dessous, le Sahel qui descend d'une marche
Cet escalier taillé pour un géant en marche ;
Le Sahel ! ce Saint-Cloud des riches osmanlis,
Parsemé de villas, blanches comme des lis :
Petits palais d'été couchés sous des platanes
Où le Maure aux genoux de ses belles sultanes,
Assis sur des divans, les deux jambes en croix,
Fumait sa pipe au nez de ses vassaux, nos rois ;
En homme intelligent vivant à ne rien faire,
De paresse et d'amour dorant son atmosphère ;
Ou parfois s'il quittait ses paresseux divans,
Pour tenter, en pirate, et la mer et les vents,
C'est qu'il fallait payer un tribut à la Porte,
Sa favorite était trop vieille, enceinte ou morte ;
Des brunes de Cadix, des blondes d'Albion,
Etaient à remplacer dans sa collection ;
Et quelques jours après, balancé par les lames,
Il rapportait au port sa cargaison de femmes,
Sans compter les maris qui ramaient sur les bancs.
Pouvions-nous en vouloir à ces pauvres forbans !

Que les temps sont changés ! — Ces petits palais maures,
Couchés sur le Sahel entre les sycomores,
Si chauds pendant l'hiver, si frais pendant l'été,
Avec la mer en face, — autour la liberté :
Tels que nous en rêvons dans notre fantaisie,
Pour y laisser chanter l'oiseau de poésie,
Ces palais, faits pour nous rêveurs insouciants,
Sont, par le droit d'enchère, à des négociants !

Autres Turcs, autres mœurs ! plus d'amours ! le
Une unique moitié — souvent même hors d'âge,
Si bien qu'en divisant les printemps onéreux
Dont le bon Dieu lui fit le présent généreux,
On pourrait — sans qu'elle eût aucun droit de rancun
En avoir quatre ou cinq de quatorze ans chacune.

Où le hasard faisait fleurir les orangers
Nous avons aligné des jardins potagers.
Le ruisseau qui chantait en sortant de sa source,
Heureux d'aller baiser des myrtes sur sa course,
Dans un canal étroit roule à présent ses pleurs,
Honteux d'aller porter la vie à des choux-fleurs.

Eh ! mon Dieu, je sais bien que l'ignoble légume
A des parfums aussi qui valent qu'on les hume :
Si j'aime les jasmins, j'aime la soupe aussi,
Je sais faire la part de *l'utile dulci* :
Mais je n'ai jamais vu que l'auteur du proverbe,
Horace, ait spéculé sur le prix de son herbe
Et dépouillé Tibur d'ombrage et de couleurs
Quand Rome avait besoin d'ognons ou de choux-fleurs.

Circonstance à valoir pour leur recours en grâces,
Nos colons, il est vrai, ne sont pas des Horaces.

Ainsi, l'observateur, les yeux à l'horizon,
Absorbé, malgré lui, dans la comparaison,
Se surprend à crier : « Apôtre des apôtres !
» O Mahomet ! tes Turcs valaient mieux que les nôtres. »

Mais ce qui me frappa surtout, en arrivant,
C'est, au bord de la mer, quatre moulins à vent.
J'en compris le symbole au jour de l'arrivage ;
Ils sont là pour montrer qu'en touchant ce rivage

Où la tête et le cœur bourdonnent toujours plein-
On jette son bonnet par-dessus les moulins.
Alger est une ville où le soleil enivre,
Où l'on vit comme on veut, pourvu qu'on puisse y vivre ;
Avec beaucoup d'argent et beaucoup de santé,
Si vous pouvez braver l'enfer qu'on nomme été,
Si vous pouvez vous faire à parcourir des rues,
Souterrains corridors aux senteurs incongrues,
Si vous pouvez manger de prétendus ragoûts
Très-chers, mais très-mauvais de parfums et de goûts,
Boire un vin qu'on pourrait avaler en pilules,
Dormir piqué, mordu, rongé dans des cellules,
Vous frotter à des juifs, des nègres, des Bédouins,
Monter deux fois par mois la garde à tous les coins ;
Si vous pouvez — surtout ! — vous passer de Françaises
Vous pouvez dans Alger trouver toutes vos aises.

Mais notre ère commence et l'Hégire finit :
Grâce à la France, enfin, Alger n'est plus ce nid
Où des oiseaux pillards avaient fait leur couvée,
Troupe alerte et d'instinct au carnage éprouvée,
Qui, durant trois cents ans de gloutons appétits,
De cadavres chrétiens a gorgé ses petits ;
Aigles bâtards à qui l'Europe toute entière
Fournissait la pâture en très-humble rentière ;
Grâce à Bugeaud, enfin, Arabes et Roumis,
Nous faisons maintenant une paire d'amis ;
Sans plus vous exposer à revenir sans tête,
Vous pouvez explorer toute notre conquête,
Aller à tout hasard par le premier chemin,
Le cigare à la bouche et la canne à la main,
Et sans vous éveiller après d'affreuses choses
Faire à midi la sieste entre des lauriers-roses ;
Cueillir les pommes d'or des jardins de Blidah,
Chasser les sangliers autour de Coléah ;
Courir en tous les sens, à plus de deux cents lieues,
Montagnes et ravins, et villes et banlieues ;

Artistes, ranimer le squelette géant
Du colosse romain menacé du néant ;
Antiquaires, fouiller les ronces et les lierres,
Ces voiles que le temps met aux faces des pierres ;
Amants, aller graver le nom de votre amour
Au sommet du Zaccar ou du Djebel Amour ;
Poëtes, promener votre mélancolie
Ou dans l'Ouaransenis ou dans la Kabilie ;
Député, journaliste, apprendre à chaque pas
Tout ce dont vous parlez — que vous ne savez pas.
Possible est toutefois qu'au détour d'une gorge,
Avec une panthère on se prenne à la gorge.
Mais si vous rencontrez en passant un burnous
Il vous dira : bonjour ! comme un fermier chez nous.


Quand je croyais encore à la couleur locale,
Je sortis un matin de chaleur tropicale,
Mon fusil sur le dos, arpentant le terrain ;
Moins chasseur, toutefois, qu'artiste pèlerin,
Je marchais pour marcher, repassant dans ma tête
Les Mille et une Nuits et les vers du poëte ;
Rêvant comme un enfant des amours de ramiers,
Des bouquets de lotus fleuris sous des palmiers,
Une verte oasis qu'un ruisseau clair arrose,
Où Bulbul chanterait les amours de la rose ; —
Et je marchais toujours — toujours estropié
Par les cactus aigus que je heurtais du pié.
Mais de bulbuls pas un et de roses pas une,
Ni de palmiers non plus. — Je gravis sur la dune
Et là je m'écriai, voyant tout s'aplanir :
Muse ! Muse, ma sœur, ne vois-tu rien venir ?
Et je vis qui venaient, lents, sur la route blanche,
Trois ou quatre mulets, des gerbes sur la hanche,
Et chacun d'eux portant un colon sur son dos ;
Je me crus au milieu des landes de Bordeaux.
Et dans mon décevoir maudissant ma fortune,
Car de palmiers pas un et de roses pas une,

Sans quitter mon milieu je tournai les talons :
Devant moi s'enroulaient montagnes et vallons,
Et mon regard plongeant de la cime à l'abîme,
Rampait et remontait de l'abîme à la cime.
Muse! Muse, ma sœur, ne vois-tu rien venir?
Je vois l'or des genêts à l'horizon jaunir,
La lèpre du désert dévorer la montagne!...'
Pour le coup, je me crus dans la basse Bretagne.
Sur les mamelons nus fumait de loin en loin,
Ainsi qu'un toit breton le *gourbi* du Bédouin,
Cabane de piquets joints entre eux par du chaume
Avec un toit de paille en angle ou bien en dôme .
L'Abraham du logis, assis sur son burnous,
Un pied ci, l'autre là, croisés sous ses genoux,
Fumait son long chibouk, inerte, solitaire ;
Son Agar sur le seuil, les deux genoux à terre,
Roulait en petits grains la pâte à couscoussou,
Qu'un chien maigre flairait en allongeant le cou.
Sous les rebords du toit le nid de l'hirondelle,
Au faîte la cigogne, une patte sous l'aile ;
Aux murs intérieurs des haillons accrochés,
Une gamelle en bois, quelques pots ébréchés,
Une natte par terre et derrière la porte
Une outre en cuir velu, comme une chèvre morte ,
A la place d'honneur un fusil clair et long
Auprès d'un yatagan dans un fourreau de plomb.


Plus loin, autour d'un puits, au milieu de la plaine,
Un bouleau faisait ombre à des tentes en laine,
Et dans les environs paissaient, aventureux,
Quelques bœufs, des chameaux et des moutons lépreux .


La misère et le deuil sur la terre promise !
Couleur orientale, on t'a fort compromise.

Oh ! je veux, oui je veux, quand j'en aurai le temps,
Suivre la caravane au départ du printemps ;
Je veux comme un marchand de Pise, au moyen âge
En pseudonyme turc faire un pèlerinage ;
De Maroc à Barca je fouillerai l'Atlas,
A cheval, à chameau, de pied, sans être las ;
Je verrai Gardaïah, aux fins haïcs de laine,
Ouargla qui dort couchée au soleil dans la plaine,
A qui le Sahara fournit les chauds amours
De ses filles d'ébène aux regards de velours ;
Murzuk qui des deux mains puise l'or dans les sables,
Et le Fezzan cerclé de monts infranchissables ;
Dans la Syrie j'irai m'enivrer de lotus,
Cueillir — avec des gants — les figues du cactus,
Disputer aux oiseaux le miel rosé des dattes ;
Et de mes souvenirs jour par jour prenant dates,
Je tremperai mes doigts dans le plat édenté,
Plein du gras couscoussou de l'hospitalité.
Les filles du désert à la brune mamelle
Feront jaillir pour moi le lait de la chamelle ;
Et dans ses mains en creux, vase plein jusqu'au bord,
Où sa bouche de pourpre aura touché d'abord,
La plus belle viendra l'offrir à mon extase,
Et j'oublîrai ma soif, les lèvres sur le vase....

Comme je me livrais à ces réflexions,
Après force faux pas et génuflexions,
Je me trouvai soudain au-dessous d'un grand môle,
Chasseur distrait marchant le fusil sur l'épaule,
Et tout bas rabâchant ce vague souvenir :
Muse ! Muse, ma sœur, ne vois-tu rien venir ?
Ma Muse cette fois vit venir.... deux gendarmes ! —
Au nom du roi, dit l'un, Monsieur, votre port d'arme.
Or, n'en ayant jamais — fut fait procès-verbal
« Que le sieur, — là mon nom, — par un temps illégal,
« Et sans permis chassant, trouvé par nous gendarmes,
« A de plus refusé de nous rendre ses armes ! »

Et cela se passait sous un bois d'orangers !
Ensuite croyez donc aux pays étrangers !

Pourtant ma poétique étant naïve encore
Je dirigeai mes pas vers une villa maure,
Adossée au Sahel sous un dais d'arbres verts,
Et que l'on voit de loin briller blanche au travers ;
Et je hâtais le pas sur la colline grise
Quand un chant m'arriva sur le vol de la brise
Un chant tristement doux — tellement ingénu
Que je crus le connaître et l'avoir retenu ;
Et je marchai vers lui, retenant mon haleine,
La tête bourdonnante et la poitrine pleine,
Me faisant tout petit, — écartant de la main
Les myrtes aux lauriers tressés sur mon chemin.
Je l'aperçus enfin la belle fille maure !
Sans haïc et sans voile au pied d'un sycomore !
Sur son cou blanc et nu des perles à milliers
Ruisselaient des neuf tours que faisaient ses colliers ;
Le jais de ses cheveux dessinait ses oreilles
Où deux perles tremblaient de forme et d'eau pareilles ;
A chaque mouvement, le long de ses bras blancs
Deux cercles d'or jouaient ou s'arrêtaient tremblants ;
Des plis de son mharma fuyait désordonnée
Sa tresse qui baisait sa cheville étonnée,
Et ses pieds, les germains des pieds de Cendrillon,
Comme ses mains étaient lavés de vermillon.
Sa taille s'appuyait souple contre un tronc d'arbre,
Devant elle, elle avait un guéridon de marbre,
Et dans un cristal clair un breuvage inconnu
Où sa bouche voilait son sourire ingénu.
J'avais trouvé d'un coup toute ma poésie,
Mon rêve oriental doré de fantaisie,
C'est le chant de bulbul dans le col d'un ramier,
C'est l'éclat de la rose et le port du palmier. —
Je m'approchai tout près — *allah Kerim !* ma sainte
Chantait *ma Normandie* et buvait de l'absinthe !

Et quand elle eut fini son verre et sa chanson
En frappant sur la table elle appela : « Garçon ! »
J'étais dans un café ! — jadis palais peut-être !
A Mustapha Pacha, traduisez bal champêtre.

Jouet désabusé d'un ignoble rebus
Pour regagner Alger je pris un omnibus
Où je fus — comme en France — empilé quinzième hôte.
Aux deux tiers du chemin, en montant une côte
Au coin d'un carrefour, je vis comme un balai
Qui se dressait géant sur un sol de remblai.
Monsieur, dis-je au voisin dont je touchais la manche :
Pourquoi ce grand balai, planté là par le manche ?
— Monsieur, c'est un palmier — Vous dites ? — Un palmier.
Devant un cabaret ! sur un tas de fumier !
J'espérais m'abuser — la foi toujours espère ;
Mais j'en vis un second, les deux faisaient la paire.

Pardon à deux genoux, ô mes jeunes amours !
A qui j'ai si souvent joué ces mauvais tours
D'appeler des palmiers vos tailles élancées,
Si souples que le vent les aurait balancées !
Pardon à deux genoux, car je vous appelais
Sans m'en douter, hélas ! des manches à balais.
Pardon, pour avoir dit sur la foi des poètes
Que les cheveux soyeux de vos divines têtes,
Quand la brise en roulait la cascade au soleil,
Semblaient les palmes d'or de l'arbre sans pareil ;
Naïf occidental je faisais ma voix douce
Pour vous saluer sœurs de Nourmâal la Rousse !

Le divin créateur certes, au premier jour,
A regardé l'Afrique avec un œil d'amour ;
Mais ce n'est pourtant point le sol doré des rêves
Où l'or blondit les eaux et paillette les grèves

Où les monts sont pétris de saphirs et d'onix,
Où l'arbre sur lequel chante l'oiseau Phœnix
En rameaux de corail épanouit ses gerbes
Et sème de rubis l'émeraude des herbes,
Où le vent du matin à vos sens embrasés
Porte encor les parfums et les bruits des baisers.

L'homme en a fait un sol de lèpre et de grisailles,
Chauve ici, là velu d'un poil rêche en broussailles,
Où fourmillent ces poux qu'on appelle Bédouins,
Qui l'ont tondu par place et rongé par les coins.
Mais qui promet à l'œuvre une féconde mine
Le jour où nous l'aurons purgé de sa vermine.
Le Sahel a déjà des airs de Paradis.
Quant à ce pauvre Alger, c'est un salmigondis,
C'est la Rome naissante où la foule importune
Des gens de trop chez eux vient tenter la fortune ;
Mais ainsi que dans Rome au temps des deux jumeaux
Ces éléments divers, ces germes anormaux
Sont tombés dans le sein d'une mère féconde,
Et comme Rome Alger accouchera d'un monde.

# EN VENTE CHEZ LES MÊMES LIBRAIRES.

**LE GRAND DÉSERT**. — *Du Sahara au pays des Nègres*, par le général DAUMAS et AUSONE DE CHANCEL. 1 in-12; nouvelle édition. 1 fr.

**LE SAHARA ALGÉRIEN**, par LES MÊMES. Un volume grand in-8°. 7 fr. 50

**LE PÉGNON D'ALGER** ou *les origines du gouvernement turc en Algérie*, par M. A. BERBRUGGER, Officier de l'Ordre impérial de la Légion-d'Honneur, Membre correspondant de l'Institut impérial de France, Président de la Société historique algérienne, Conservateur de la Bibliothèque et du Musée central d'Alger, etc., etc. 1 in-8°. 2 fr.

**GÉRONIMO**, ou *le Martyr du Fort des Vingt-Quatre-Heures*, par LE MÊME, orné d'un portrait du Martyr et de vues de la sépulture, par le commandant SUZZONI, Chevalier de la Légion-d'Honneur, 2ᵉ édition, 1 vol. in-12. 75 c.

**ICOSIUM**, notice sur les antiquités romaines d'ALGER, par LE MÊME, vol. gr. in-8°, orné de planches. Alger, 1845. 3 fr.

**ÉPOQUES MILITAIRES DE LA GRANDE KABYLIE**, par LE MÊME, vol. in-18, avec une carte. Alger, 1857. 2 fr.

**ALGERIA ROMANA**, recherches sur l'occupation et la colonisation romaines en Algérie. — 1ᵉʳ Mémoire, *Subdivision de Tlemcen*, par O. MAC CARTHY. 1 vol. in-8°, accompagné d'une carte. 4 fr.

---

Alger. — Typ. BASTIDE.